POÉSIES

PAR

J. BARROIS ET L.-T. SEMET.

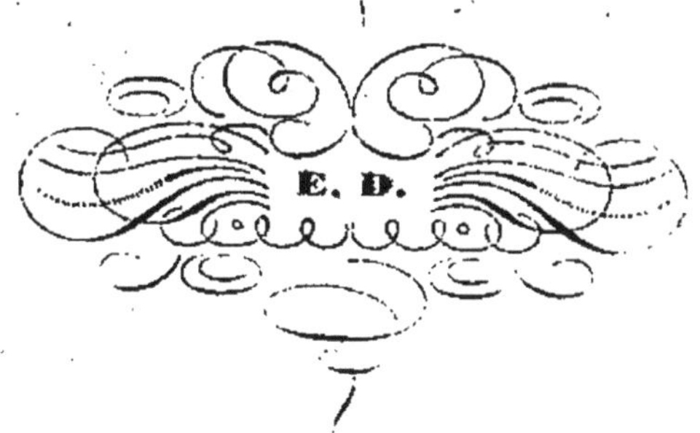

LILLE,
Émile DURIEUX, Libraire-Éditeur
1846.

Poésies.

Ouvrages de L.-T. Semet :

JEANNE D'ARC, poème en 10 chants (2.e édit.).
GUILLAUME DE NASSAU, idem (1.re édit.).
SOUVENIRS POÉTIQUES.
MÉLANGES LITTÉRAIRES.

Ouvrages de L.-T. Semet et J. Barrois.

POÉSIES (1.er recueil, sans noms d'auteurs).
POÉSIES (2.e recueil, avec les noms des auteurs).

POÉSIES

PAR

J. BARROIS ET L.-T. SEMET.

LILLE,
Émile DURIEUX,
Libraire-Editeur.

1846.

Adieux à la Satire.

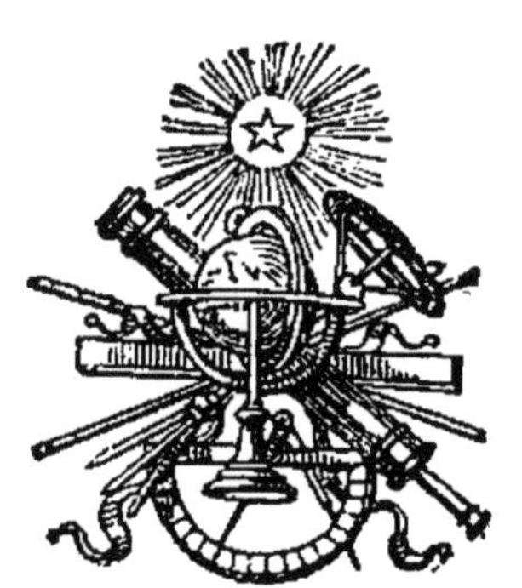

Adieux à la Satire.

Un journal me l'a dit : « Prenez-garde, jeune-homme ;
» De satiriques vers soyez plus économe !
» Rien n'est si dangereux qu'un Tartufe irrité !
» Le tigre dans sa rage a plus d'humanité. »

Il a dit vrai ; j'ai vu, contre ma poésie
Les cagots déchaîner leur sainte frénésie;
Et, comme je bravais de stupides clameurs,
Ils ont, sur mes écrits et sur mes chastes mœurs,
Distillé les poisons d'une haine mortelle.
On me criait partout : « c'est moi, c'est lui, c'est elle
Que tu désignes, traitre! » On aurait volontiers
Mis les vers en lambeaux, et l'auteur en quartiers.
Et moi, je leur disais : « Pourquoi prendre la mouche ?
» Vous ai-je cités ? Non. Que tout morveux se mouche!
» Messieurs, vous trahissez votre secret penchant.
» Et quoi! Dans le portrait d'un sot ou d'un méchant,
» Quelqu'un de vous, messieurs, se reconnaît? Oh! diable!
» Tant pis! Consolez-vous ; c'est irremédiable.
» Je puis tout avouer sans rougir ; et d'ailleurs
» Je n'ai fait que répondre à de mauvais railleurs.
» Comme sur un plastron, chacun sur moi s'escrime ;
» Je saisis mon fleuret et je frappe; est-ce un crime ?

» Je ne serai jamais le premier agresseur ;
» Mais si vous aiguisez, en feignant la douceur,
» L'arme du ridicule ou de la calomnie,
» Je ne laisserai point votre audace impunie.
» Vos projets rancuniers seront bientôt déçus ;
» J'en ai fait le serment ; réglez-vous là-dessus. »

C'est assez ; abjurons de ridicules haines,
Et flattons nos regards d'images plus sereines.
Chantons ce beau pays, où je vécus un mois, (1)
Où l'abrupte glacier se dresse, où le chamois
Sur les vieux monts blanchis qu'un vert gazon tapisse,
Bondit en se jouant au bord du précipice.

(1) La Suisse.

« Oh ! la nature ici proclame son auteur ! »
Disais-je, et de ces rocs la sublime hauteur,
Leurs vastes flancs neigeux, leur sourcilleuse crête
Mêlaient à mes transports une terreur secrète.
Oh ! devant ces tableaux si grands et si divers,
Où les arbres en fleurs, défiant les hivers,
Opposent aux frimas leur beauté printanière,
Pourrais-je secouer ma cinglante lanière ?
Non ! Adieu la Satire où souvent je me plus ;
Je promets, *cette fois*, qu'on ne m'y prendra plus.

B.

SOUVENIR DE LA PATRIE.

SOUVENIR DE LA PATRIE.

Suisse, 1845.

Les nuages glissaient sous un ciel calme et pur,
Comme de blancs flocons sur une mer d'azur;
Le torrent, d'où s'exhale une épaisse fumée,

Tombait et retombait par bonds impétueux.
A ce fracas sombre et majestueux
Je prêtais, en rêvant, une oreille charmée.
Le voile de la nuit, déroulé lentement,
Couvrait une moitié du vaste firmament.
Le soleil descendait, mais sur ce beau théâtre
Il épanchait encore un jour pâle et bleuâtre,
Comme un fidèle ami, qui, près de nous quitter,
Par un brusque départ craint de nous attrister.

Pour contempler d'en haut tous ces riches domaines,
Je gravissais les bords d'un gouffre menaçant.
(Le sentier des grandeurs humaines
Sous les pieds de l'Intrigue est encor plus glissant!)
La lune se découvre, et sa blanche lumière,
Des monts aériens jusqu'à l'humble chaumière,

Descend, tombe, se brise et jaillit comme un trait ;

Et la Nature se montrait

Dans toute sa vigueur et sa beauté première.

Oh ! salut mille fois, salut, paisibles monts !

Arbustes verdoyants, neiges étincelantes !

Salut ! J'ai fui pour vous les cités turbulentes,

Ces populeux cachots, où nous nous enfermons,

Qu'habitent les ennuis et que la Mort décime ;

Oh ! salut mille fois, salut, paisibles monts !

Oh ! laissez-moi fouler votre orgueilleuse cime,

Et d'un air frais et libre enivrer mes poumons !

Je voudrais vivre ici ! Tranquille et solitaire

Je suis si près des cieux, même en touchant la terre !

N'est-ce pas une erreur? Non, non, j'entends, je vois
Des spectres belliqueux; de leur gothique armure
Le magique et bruyant murmure
S'unit, comme un accord, à leur puissante voix.
Transfuges du cercueil, magnanimes fantômes,
Dans les airs parsemés de lumineux atômes,
Sur ces lieux autrefois par l'Autriche envahis,
Planez en agitant vos palmes séculaires;
Comme des anges tutélaires
Veillez sur votre beau pays!
Oui, je vous reconnais, et mon doigt vous dénombre.
Votre gloire du moins n'est pas une vaine ombre;
Elle éclate et reluit comme un astre immortel.
Furst, Melchtal, Stauffacher, et toi Guillaume Tel,
De vos noms rocailleux la sauvage harmonie
Ne saurait d'un poète effrayer le génie.
Que dis-je? Ils ont charmé la Suisse et l'univers;
Puissent-ils conserver leur charme dans mes vers!

Vous aussi vous m'êtes connues,
Ombres de ces héros dignes des temps anciens,
Morts pour sauver du joug les fronts helvétiens;
Dans mes bras fraternels soyez les bienvenues!
Malheur au Bourguignon, dont la témérité
Attaque votre fière et noble pauvreté!
Il vient, succombe et fuit! —Vos mains sont encor pleines
De lauriers, sanglante moisson
Eclose pour vous dans les plaines
Et de Morat et de Granson.

Mais quel doux souvenir de ma ville natale
Tout-à-coup se réveille, et fait vibrer mon cœur?
Lille, ton peuple aussi, ton peuple fut vainqueur! (1)

(1) Allusion au bombardement de Lille, en 1792.

Sous tes murs, qu'il menace, un conquérant s'installe ;
Sur la France envahie et sur sa capitale
Il croit régner en maître, et, prêt à les saisir,
Comme un tigre vorace, il rugit de plaisir.
Que faites-vous, Lillois, à cette heure fatale?
Ou l'opprobre ou la mort! vous avez à choisir ;
Le choix n'est pas douteux. — La foudroyante bombe
Part, monte, comme une trombe,
Rase le ciel en sifflant ;
Puis sur la ville retombe,
Et lance, en creusant sa tombe,
Ses débris et la mort qu'emprisonnaient ses flancs.

Dix fois le jour renaît ; à ces images sombres
La sombre nuit dix fois vient ajouter ses ombres ;

Et le camp ennemi, comme un gouffre d'enfer,
Fait pleuvoir sans relâche une grêle de fer;
Mais de nos artilleurs la manœuvre savante
Renvoie aux étrangers la mort et l'épouvante.

L'obus frappe et jaillit par bonds irréguliers;
Il court de toits en toits, promenant l'incendie
Qui monte, et bat les airs de son aile agrandie.
Temples majestueux, modestes ateliers,
Sous les globes rougis qui tombent par milliers,
Sous les vagues de feu qui mugissent et roulent,
Avec un long fracas se brisent et s'écroulent.
Voyez dans ses remparts, de l'un à l'autre bout
La ville s'agiter, comme une mer qui bout!
Le vent d'automne gronde; il s'unit à la flamme;
Semble la féconder et lui prêter une âme;

L'un par l'autre excités, ces fougueux éléments
Exhalent leur courroux en longs mugissements.

Tout-à-coup, du milieu de ces sanglants désastres,
Part un chant triomphal, qui monte vers les astres.
Sur les remparts de la cité,
Que couronne une foule immense,
La Victoire descend, et le jour, qui commence,
Des plaines d'alentour montre la nudité.
Les fiers Autrichiens, dont l'attente est déçue,
Hâtent, en frémissant, leur fuite inaperçue.
Honneur à vous, Lillois, magnanimes soldats!
Eprouvés par dix jours de sanglante souffrance,
Des Thermopyles de la France
Vous fûtes les Léonidas.

Mais pourquoi ces tableaux de mort et de ravages,
Quand, sous le firmement semé d'étoiles d'or,
La Nature, comme un trésor,
Etale ses charmes sauvages;
Quand la Nuit, sous son aile, assoupit l'Univers;
Quand des célestes corps l'éternelle harmonie,
Ce lac tranquille et bleu, ces prés encore verts,
Ces gigantesques monts et leurs sites divers,
Et du fleuve lointain la surface aplanie,
Tout révèle d'un Dieu le bienfaisant génie.
Peuples, embrassez-vous et donnez-vous la main!
Abjurez toute haine! ah! trop de sang humain
Dans vos champs dévastés ruisselle!
Affermissez des lois l'équitable pouvoir!
Plus de combats! puissions-nous voir
Sur un large pivot, qui jamais ne chancelle,
S'asseoir et s'établir la paix universelle.
Affranchis de tyrans, forts de votre unité,

Plus grands que les héros de Rome et de la Grèce,
Vous bénirez alors dans vos chants d'allégresse
Dieu, la France et la Liberté.

B.

L'AIGLE DES ALPES.

L'Aigle des Alpes.

Combien j'aime à te voir, Aigle d'heureux augure,
De tes ailes de feu déployer l'envergure !
Tu sembles dédaigner notre globe ; tes jeux

Sont de bercer ton vol dans un ciel orageux,
Ou, par un beau soleil, sous la voûte azurée,
De planer triomphant et roi de l'empyrée.
Ton essor est sublime et n'est point limité;
De la terre et des cieux à toi l'immensité!
La foudre gronde en vain; tu la braves, tu mêles
L'éclair de ton regard aux célestes éclairs;
Puis sur ce mont altier, dont les cîmes jumelles
Découpent l'horizon et partagent les airs,
Sur ces blocs revêtus de leur neige d'albâtre,
Tu reviens, en jouant, tournoyer et t'abattre.

Ainsi, quand le poète, en son vol spacieux
S'élève, et contemple des cieux
L'éclat éblouissant, la grandeur infinie;

La terre, qui lui semble une froide prison,
S'efface; il monte, il voit s'agrandir l'horizon
Et le cercle brûlant de son propre génie.
Il s'ouvre avec effort de glorieux chemins;
   Il monte, il monte; on dirait que son aile
Heurte les profondeurs de la voûte éternelle.
   Puis il retombe au milieu des humains.

B.

Le Camóëns.

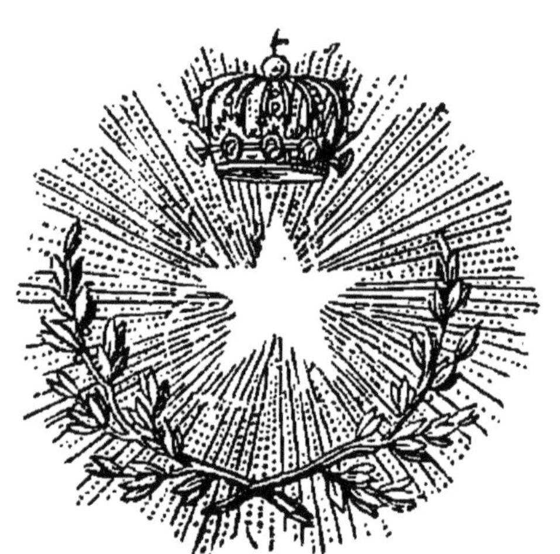

Le Camoëns.[1]

(Fragment.)

Le jour paraît ; les flots éclatants de blancheur
Balancent mollement la barque du pêcheur.

(1) Cette pièce et la suivante ont paru dans la Revue du Nord en 1835.

Sur le sable doré, dont la plage est couverte,
La mer jette en passant ses débris d'algue verte.
Messagers du matin, les folâtres oiseaux
Rasent, dans leurs ébats, la surface des eaux.
A l'aspect de ce ciel, qui s'empourpre et se dore,
Le marin devant Dieu se prosterne et l'adore.

Camoëns est parti; son vaisseau voyageur
De l'abîme profond sillonne la largeur;
Il s'éloigne, et des monts le vaste amphithéâtre
S'efface, et disparaît à l'horizon bleuâtre;
L'azur des mers se fond avec l'azur des cieux.
Que les jours se traînaient longs et silencieux
Pour tous ces passagers, qui, voguant sur les ondes,
Ne savaient les peupler d'illusions fécondes!

Mais Camoëns ! à l'heure où commence le soir,
Sur le tillac désert il aimait à s'asseoir ;
La fraîcheur tempérait sa brûlante insomnie ;
Il planait triomphant sur l'aile du génie,
Et le ciel, dans ce cœur trop longtemps agité,
Semblait verser le calme et la sérénité.
Le vaisseau poursuivait sa marche triomphale.
Une nuit, Camoëns veillait, et la rafale
Passait, en mugissant ; quand un rayon ami
Descendait sur les flots éclairés à demi,
Le poète voyait, comme des spectres sombres,
Tous les mâts projeter leurs gigantesques ombres.
Oublieux du péril, sur ces gouffres mouvants,
Les matelots bercés dorment au bruit des vents ;
Ils dorment, et le ciel déjà gros de tempêtes
Semble un autre Océan suspendu sur leurs têtes.
La foudre roule et gronde ; une horrible clarté
Jaillit, et comme un trait perce l'immensité.

On s'éveille, on accourt ; mais le danger augmente ;
Tous les flots, couronnés d'une crête écumante,
Surgissent à la fois, et viennent retentir
A l'entour du vaisseau, qu'ils voudraient engloutir.
Le vent tumultueux se déchaîne avec rage,
Siffle, et sur tous les points accumule l'orage ;
L'Océan tout entier semble envahir les airs
Et bondir contre un ciel éblouissant d'éclairs.
Les cordages rompus, les débris de voîlure
Pendent le long des mâts, comme une chevelure.
Le tonnerre mugit, tombe, grince, s'éteint ;
Mais du trait enflammé le navire est atteint.
C'est un bûcher flottant. Quelle horrible harmonie
De plaintes, de sanglots et de cris d'agonie !
Camoëns plus hardi s'élance, et d'une main
Se frayant à la nage un périlleux chemin,
De l'autre, il disputait aux vagues mutinées
Le fruit de ses travaux mûri par les années,

Son poème !... Il triomphe, et ses doigts convulsifs
Du rivage prochain étreignent les rescifs.
A la lueur des feux, qui roulent sur sa tête,
Il revoit son vaisseau battu par la tempête;
Tout-à-coup il entend un cri de matelots......
Puis il n'entendit plus que les vents et les flots.

S.

LA

MORT D'ANDRÉ CHÉNIER.

LA

MORT D'ANDRÉ CHÉNIER.

(1794.)

La France gémissait, en butte à la fureur
D'un fantôme incarné qu'on nomme *La Terreur;*

Prodige monstrueux de crime et d'énergie,
Dont la main colossale est de meurtre rougie,
Qui va heurtant les cieux de son front menaçant,
Et laboure à deux pieds une mare de sang.
Le bourreau promenait le char des funérailles;
Chaque cité voyait, au sein de ses murailles,
S'élever, à la voix du peuple-justicier,
Cette potence...... où brille un triangle d'acier.
Mirabeau n'était plus, ce volcan oratoire
Dont les mugissements ébranlaient l'auditoire!
De son brûlant courroux les flots étaient taris;
Mais un autre volcan mugissait dans Paris:
Jusqu'aux murs de Strasbourg, jusqu'aux plaines d'Hyère,
La Montagne lançait sa lave incendiaire;
Des Cromwels en haillons et des Tarquins-Brutus
Sur les autels du crime égorgeaient les vertus;
Les graves Girondins, modernes Épictètes,
Sous la mort, en riant, avaient courbé leurs têtes;

Rois, au peuple français rejetez vos défis;
La Révolution a dévoré ses fils!

~~~

Alors, par un destin atrocement bizarre,
Un jeune ami des lois, captif à Saint-Lazare,
Par de vils oppresseurs se vit persécuté
Au nom de la patrie et de la liberté.
Ce poète inspiré, ce citoyen sans tache,
Gardé sous les verroux en attendant la hache,
Ce sublime mortel, qu'osa calomnier
L'Égoïsme au cœur froid, c'était André Chénier.
Il demandait encore à sa muse proscrite
Des chants, qu'eût enviés Virgile ou Théocrite;
A ses amis plongés dans l'obscure prison,
Il peignait le soleil brillant sur le gazon,
Ou le ruisseau qui roule en nappes transparentes.
~~~

Un souris renaissait sur ses lèvres mourantes ;
Mais dès que le poëte avait quitté son luth,
Comme un dernier rayon, tout espoir de salut
Disparaissait ; adieu, vallons, brises légères,
Bêlements des agneaux, douces voix des bergères,
Herbe tendre, pareille aux tapis de velours !
Leurs fers, qu'ils oubliaient, semblaient encor plus lourds.

Cependant, les suppôts d'un pouvoir tyrannique
Dressent de Guillotin la rouge mécanique ;
Sur le forum s'apprête un spectacle gratis.
Voyez-vous ce ramas de Français abrutis,
Aveugle en son amour, hideux en sa colère,
Qui n'est que populace, et se croit populaire ;
Autour de l'échafaud il bouillonne et rugit.
Comme un cercle vivant la foule s'élargit.

Avec ses mille bras, avec ses cris d'hyène,
Que veut-elle? Assouvir sa faim quotidienne.
Le glas de la mort sonne; un grossier tombereau
Traîne les condamnés, que guide le bourreau.
Assis au premier rang, quels sont ces deux poètes
Dont la voix résonnait même au sein des tempêtes?
C'est le jeune Chénier; c'est Roucher, son ami;
Tous les cœurs généreux en secret ont frémi,
Mais la grande cité, d'épouvante saisie,
Pleure..... et vous abandonne, anges de poésie!
Et Chénier répétait, sur le fatal chemin :
» Cependant j'avais là quelque chose... (1) » et sa main
Se posait sur son front. Un seul instant lui reste;
La mort va t'arracher des bras de ton Oreste,
O Pilade! arme-toi de courage! il le faut!
Descends du char funèbre, et monte à l'échafaud!

(1) Paroles de Chénier.

Allez, martyrs ; c'est là, sur cette place ronde,
Que tombaient les *vingt-un*, martyrs de la Gironde.
Enviez un trépas qui les rendit fameux ;
Ils pensaient comme vous, sachez mourir comme eux !
Un sinistre murmure autour de vous circule ;
Déjà la guillotine a levé sa bascule,
Et sous le fer, tout prêt à redoubler ses coups,
Les deux croissants de bois n'attendent que vos cous....
Chénier paraît d'abord ; ô peuple ! quelle joie !
Quel triomphe ! un bourreau va te jeter ta proie !
Son doigt touche un ressort ; le coutelas plombé
Glisse dans la rainure et siffle..... il est tombé !.....
A la foule, qui hurle autour de lui groupée,
L'exécuteur présente une tête coupée,
Et ce pâle débris, qui distille le sang,
Aux yeux des spectateurs s'agite en grimaçant.....
Horreur !..... Mais de plaisir, le peuple sanguinaire
De ses poumons d'airain fait gronder le tonnerre.

Le couperet poursuit sa hideuse moisson ;
Il remonte, il retombe avec un rauque son.
Un corps a disparu sous le grand socle vide
Qui soutient, comme un bloc, la machine livide ;
Dites ? quels jours la faux vient-elle de trancher ?
Peuple, vois cette tête, et reconnais Roucher !
Oh ! malheur à ces nains, hissés au rang suprême,
Qui décimaient le peuple au nom du peuple même ;
Pour les remplir encore, ils vidaient les cachots,
Et siégeaient triomphants sur des cadavres chauds.
Mais leur jour est venu ; demain le fer oblique
Tombe sur les tyrans, fils de la République ;
C'est demain que, tendant la gorge au coup mortel,
Les sacrificateurs montent sur leur autel.
Captifs, à ce grand jour ouvrez votre paupière !
C'est le neuf thermidor ! malheur à Robespierre !

S.

LE

BOMBARDEMENT DE LILLE.

LE

BOMBARDEMENT DE LILLE. (1)

(1792.)

I.

« Quel est donc ce Germain, qui, du seuil de sa tente,
» Ose, sur le peuple lillois,

(1) On trouve dans les SOUVENIRS POÉTIQUES publiés par L.-T. Semét, en 1855, une ode sur le BOMBARDEMENT DE LILLE.

» Secouer fièrement sa baguette insultante ?
» Quel despote vassal vient nous dicter des lois ?
» Il a dit : « Courbez-vous ! » Tes mains sont-elles prêtes,
» Bourreau ? S'il faut choisir la honte ou le trépas,
» Fils de la Liberté, nous périrons ; nos têtes
» Tombent, mais ne se courbent pas.
» Crois-tu que, redoutant les boulets et les balles,
» Notre lâche cité, moderne Sybaris,
» Ouvre à tes hordes cannibales
» Un large chemin vers Paris ?
» Vain espoir ! que sur nous ta foudre éclate et tombe !
» Engloutis, consumés par les feux dévorants,
» Nous serons fiers encor d'échapper aux tyrans.
» Ah ! que ces murs soient notre tombe,
» Mais non le boulevard d'ignobles conquérants »

II.

Des mortiers belliqueux soudain la voix connue

Eclate ; ainsi parfois des bruits sourds et fréquents
Annoncent que la terre enfante des volcans.
Les rapides obus ont glissé sous la nue ;
    Astres de mort, dans les cieux assombris
Ils croisent, en sifflant, mille courbes de flamme ;
Tout se brise et s'abat, tout..... hormis la grande âme
De nos concitoyens debout sur les débris !
Mêlant à ces horreurs sa lugubre harmonie,
La cloche du tocsin, organe de l'enfer,
Gueule de bronze, où vibre une langue de fer,
Prolonge nuit et jour, avec monotonie,
Son tintement qui semble un râle d'agonie.
Les soldats ennemis, comme de noirs démons,
Dansent à la lueur du rougeâtre incendie ;
Un frénétique chant jaillit de leurs poumons.
D'un nocturne sabbat cruelle parodie !
Courage ! sur nos toits videz vos arsenaux,
Barbares, qui croyez notre honte prochaine ;

Courage ! forgez notre chaîne !
Nous en briserons les anneaux.
Couronnez-vous de fleurs, de laurier et de chêne !.....
Mais, quoi ! de vos cités reprenant les chemins,
Vous laissez votre sang croupir dans nos rigoles ;
Et Lille, qu'écrasaient vos efforts inhumains,
De toute sa hauteur se dresse, et bat des mains ;
Pareille à Velléda (1), prophétesse des Gaules,
Quand elle chassait les Romains.

III.

Mais où sont les héros de cette noble histoire ?
Ils dorment aujourd'hui sous le plomb du cercueil,
Ces hommes, que la France aimait avec orgueil,
Ces braves citoyens sacrés par la Victoire,

(1) Tacite, HISTOIRE ; Châteaubriand, LES MARTYRS.

Qui disputaient aux rois notre beau territoire,
Quand de la République on proclamait le nom ;
Ces vengeurs qui marchaient au rappel du canon !
Mais la France au tombeau ne doit jamais descendre
Toujours ses défenseurs renaissent de leur cendre.
Si, préludant à de sanglants tournois,
L'Europe nous jetait des menaces soudaines,
Des Alpes jusqu'au Rhin, du Var jusqu'aux Ardennes,
Les Duguesclins nouveaux et les nouveaux Dunois,
Exaltés de courroux, brûlants d'idolâtrie,
Surgiraient aussitôt pour sauver la patrie.
Ceux-là sauraient punir d'injurieux défis ;
Puis au temple des Lois ils suspendraient leurs armes,
Et la France, les yeux en larmes,
Dirait avec orgueil : « Voilà mes dignes fils ! »

IV.

De nos vieux monuments considérez le faîte,

Esclaves étrangers, courbés sous vos douleurs !
L'étendard aux triples couleurs
S'arrondit sur leurs fronts en couronne de fête.
Oh ! regardez-le bien, et vos cœurs soucieux
D'un meilleur avenir concevront l'assurance.
Fléchissez les genoux, et qu'il soit à vos yeux
L'astre consolateur allumé dans les cieux,
L'auréole de l'espérance !
Et vous, monarques absolus,
De nos murs contemplez l'enceinte ;
Contemplez la Liberté sainte
Au banquet de la gloire invitant ses élus !
Oui, le peuple français fonde sa nouvelle ère ;
Il impose une digue aux flots de sa colère ;
Le sang ne rougit plus son bras ni ses drapeaux.
Des révolutions comprimant la fournaise,
Comme l'Hercule de Farnèse,
Sûr de lui-même, il garde un sublime repos.

Il veut que dans l'Europe, où la haine fourmille,
Allemands, Espagnols, Anglais, Italiens,
De la fraternité resserrant les liens,
Ne fassent désormais qu'une grande famille.
Mais ne le bravez point !!!.... car son bras colossal
Déchaînerait sur vous de terribles tempêtes ;
Vos couronnes bientôt trembleraient sur vos têtes.
Songez, songez que tout vassal,
Qui de la *Marseillaise* entend vibrer les notes,
Se réveille d'un bond et brise ses menottes.

S.

La Chûte du Rhin.

LA CHUTE DU RHIN.

Suisse, 1845.

Quel bruit majestueux l'écho lointain répète !
N'entends-je pas rouler le char de la tempête ?

Non, c'est la grande voix du torrent furibond ;
C'est le Rhin ; dans son cours il imite l'orage ;
Des hauteurs de Schaffouse il s'élance d'un bond ;
Il rugit, il bouillonne, il écume de rage.
C'est un fleuve qui tombe et rejaillit ; le Rhin
Décharge et fait rouler la masse de ses ondes ;
Il se brise, il s'engouffre, et comble du terrain
Les cavités sonores et profondes.
J'ai vu ce cataclisme, où toujours se mêlait
Au vert foncé des flots une blancheur de lait ;
Fracas prodigieux ! formidable tourmente
De vagues, de brouillard et de neige écumante !
J'ai vu dans ce chaos des arbustes verdir.
O spectacle terrible et pourtant admirable !
Sur des blocs de rocher j'ai vu le Rhin bondir,
Ou plutôt j'ai cru voir descendre et s'arrondir
D'un gigantesque pont l'arche incommensurable.

Comme un triomphateur, va, cours, fleuve géant ;
Vomis en tourbillon ton humide poussière ;
Va, cours avec orgueil t'abîmer au néant !
Sur ton lit obstrué d'une fange grossière
Bientôt tu languiras ; enfin sous un marais,
Misérable ruisseau, tu fuis et disparais.
Ainsi sur la terre ébranlée
Passaient des conquérants fameux ;
Ces colosses d'airain sont brisés, et, comme eux,
A disparu leur mausolée !

B.

Voici l'Hiver !

Voici l'Hiver!

Voici l'hiver! adieu, riant asile,
Maison des champs, bosquet où je me plus;

Voici l'hiver! loin de vous je m'exile;
Durant six mois, je ne vous verrai plus!

Quand sur mon front vous incliniez vos branches,
Jeunes tilleuls unis aux frais jasmins,
Sous votre dôme étoilé de fleurs blanches,
Je parcourais de sablonneux chemins.
Le rossignol chantait dans la feuillée,
Et ranimait les échos assoupis;
Et sur la plaine aujourd'hui dépouillée,
Le beau printemps déroulait ses tapis.

Tout dépérit! la rose s'est fanée,
Et les ruisseaux vont suspendre leur cours;

Tout dépérit ! c'est le soir de l'année ;
Longs jours d'été, vous m'avez semblé courts !
Quand reverrai-je, au gré de mon envie,
Naître la rose aux brillantes couleurs,
Et les ruisseaux, emblêmes de ma vie,
Joyeux et purs, se glisser sous les fleurs !

o-⊛-o

Puisqu'il le faut, je retourne à la ville,
Qui n'est pour moi qu'une large prison ;
Là, tout impose une gêne servile ;
Oh ! j'ai besoin d'un plus vaste horizon !
J'aime des arts l'éblouissant domaine,
Mais la nature a bien d'autres beautés !
Toujours près d'elle un instinct nous ramène ;
Dieu fit les champs ! . . . l'homme fit les cités.

o-⊛-o

Voici l'hiver ! adieu, riant asile,
Maison des champs, bosquet où je me plus !
Voici l'hiver ! loin de vous je m'exile ;
Durant six mois je ne vous verrai plus !

S.

LA NUIT.

LA NUIT.

Suisse, 1845.

La clarté du soleil par degrés s'est éteinte ;
Des bergers montagnards la clochette qui tinte

Guide vers le bercail les dociles troupeaux ;
Et le torrent, qui gronde au sein de la vallée ,
Interrompt par moments , de la nuit étoilée
Le mélancolique repos.
Je crois entendre au loin de saintes harmonies ,
Les chants mystérieux d'invisibles génies.
Gardiens de ce pays, les monts avec fierté
Dressent leur immobile et froide majesté.
Sous un léger brouillard, à mes yeux se révèle
L'éblouissant éclat de leur neige nouvelle ,
Tandis qu'un sentier noir , tortueux et rampant ,
Sur quelques blancs rochers monte , comme un serpent.
Dans le creux des vallons , sonore et large tombe,
L'avalanche par bonds tombe , roule et retombe ;
On croit de mille chars entendre les essieux.
La chute d'un vieux roc ou d'un pin centenaire
Mêle encore un bruit sourd à ce bruit de tonnerre ,
Et l'écho se rendort calme et silencieux.

Oh ! sublimes horreurs, pour moi pleines de charmes !
Oh ! quels poétiques accens
Peindraient ce que je vois, diraient ce que je sens ?
J'admire, je me tais et je verse des larmes !
Puis les étroits bosquets et le vaste horizon,
Et la blanche cascade et les vertes prairies,
Les insectes de feu, vivantes pierreries,
Qui scintillent sur le gazon,
Se disputent mes rêveries ;
Et sur vous tour à tour j'ai promené les yeux,
Fleurs, étoiles des champs ; étoiles, fleurs des cieux ! (1)

B.

(1) Des plaines sur la terre ! des plaines dans les cieux ! des astres semés comme des fleurs ! ici-bas, des roses ! là-haut, les couleurs de l'iris ! (JEAN CHRYSOSTOME.)

L'HOSPITALITÉ.

L'HOSPITALITÉ.

Il est minuit ; entendez-vous l'orage
Gronder au loin sur la cîme des monts ?

Le vent du nord ressemble aux cris de rage
Qu'en leur sabbat poussent les noirs démons.
D'un ciel en feu la sinistre lumière
En longs éclats perce l'obscurité.
Quel voyageur au seuil d'une chaumière
Implore l'hospitalité?

« Ouvrez, dit-il, aux coups de la tempête
» Dérobez-moi; je suis anéanti!
» Ouvrez! » Ce mot que deux fois il répète
Dans la chaumière a deux fois retenti.
La voix des chiens se fait entendre; on ouvre.
Un bon vieillard, de sa meute escorté,
Au voyageur qui tremble et se découvre
Accorde l'hospitalité.

Un grand foyer s'allume ; la nuit passe ;
Mais tout-à-coup le tonnerre endormi
Éclate, tombe, en sillonnant l'espace,
Sur l'humble toît, et le brûle à demi.
Le voyageur dit alors à son hôte :
« Raidissez-vous contre l'adversité!
» Dieu vous rendra bien plus qu'il ne vous ôte.
» Merci de l'hospitalité! »

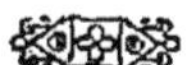

Il dit, s'éloigne, et le soir un beau page,
Sur le lieu même où l'orage est tombé,
Accourt ; s'arrête en brillant équipage ;
Voit un vieillard qui sanglotte courbé.
« Vieillard, dit-il, c'est mon seigneur et maître
» Que cette nuit vous avez abrité.

» Riche et puissant, il daigne vous remettre
» Ce prix de l'hospitalité.

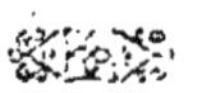

» Prenez tout l'or dont cette bourse est pleine ;
» Achetez-en chaumière, arbres, troupeaux.
» Que vos brebis couvrent au loin la plaine !
» Vivez heureux et mourez en repos.
» Prenez ; voilà ce qu'un bienfait rapporte ;
» Et si jamais de sa route écarté
» Un voyageur revient à votre porte,
» Donnez-lui l'hospitalité. »

S.

L'ENFANT DU CHALET.

L'Enfant du Châlet.

Suisse, 1845

Noble enfant du châlet, tu sais des avalanges
Braver l'impétueux fracas;
Dans ton berceau de joncs, drapé de quelques langes,
Ta mère endurcissait tes membres délicats;

Ton œil limpide est bleu comme celui des anges.
Sur ta robe de lin et sur ton cou nerveux
En gracieux anneaux roulent tes blonds cheveux.
Le lys, qui vient d'éclore au sein de la prairie,
Ne saurait de tes bras atteindre la blancheur;
Ni la rose nouvelle égaler en fraîcheur
L'incarnat velouté de ta bouche fleurie.
Fuis des grandes cités l'air pestilentiel;
Fuis les salons, séjour de luxe et d'imposture.
Toi, que le ciel réclame, ange exilé du ciel,
Reste seul avec Dieu, ton cœur et la nature.
Redoute l'abord des méchants!
Libre d'ambition, de haines et d'envie,
Ah! qu'irais-tu chercher ailleurs, quand sur tes champs
Débordent à longs flots les sources de la vie;
Quand tout, dans ce pays fier de sa liberté,
Rayonne de bonheur et de sérénité.

De tes pauvres aïeux cultive l'héritage !
Toi, content de pain noir, de fruits et de laitage,
De jours laborieux et de tranquilles nuits,
Veux-tu, toi, qui jamais n'as connu les ennuis,
Des riches et des grands envier le partage ?
Non, non ! Et si jamais d'ineptes citadins
Promènent devant toi leur faste et leurs dédains ;
Si quelques hauts barons, ou marquis ou duchesses,
Vantent, pour t'éblouir, leurs titres, leurs richesses ;
Regardent en pitié ton sort, trop beau pour eux ;
Laissent tomber sur toi quelque vile épithète.....
Réponds-leur, en dressant la tête :
« Je n'ai point de trésors, non ! mais je suis heureux. »

B.

L'AURORE.

L'Aurore.

Suisse, 1815.

Des premiers feux du jour les lueurs sont écloses ;
Les étoiles ont fui vers l'horizon lointain,

Et l'aurore, chassant la brume du matin,
Sur la neige des monts laisse tomber ses roses.
Le soleil vient jaunir, de ses reflets tremblants,
Un amas colossal d'énormes glaçons blancs,
Orgueilleuse Babel, dont la cîme hardie
Plonge dans le brasier du céleste incendie.
Soyez bénis, frais et riants climats,
Où des milliers de fleurs, entr'ouvrant leurs calices,
Exhalent au sein des frimas
Ces parfums que Dieu même aspire avec délices!
Sur ces bois, ces grands lacs, ces fleuves, ces jardins
Dominent les côteaux étagés en gradins.

O vous, Byron, Hugo, Lamartine, que n'ai-je
Et vos couleurs et vos pinceaux?
Quel mont géant, et roi d'autres monts, ses vassaux,

Pour trône a des rochers ; pour casque, des monceaux
De frimas, de glace et de neige?
Sur ses flancs sillonnés se croisent des ruisseaux.
Les brouillards, arrivant des régions du pôle,
Comme un large manteau, recouvrent son épaule ;
Et l'iris, aux brillants arceaux,
S'arrondit sur sa tête en immense coupole.

Mais de sa royauté l'emblême décevant
Se brise, et disparaît au premier coup de vent !

B.

PAYSAGE.

PAYSAGE.

Suisse, 1845.

L'habitant fortuné des plus lointains rivages,
Désertant sa famille et son pays natal,

Vient contempler tes monts, ton luxe végétal,
O Suisse, et tes attraits mâles, fiers et sauvages;
Les flottantes moissons de ton riche terroir,
Et tes arbustes, dont le faîte
Sans cesse reverdit en couronne de fête,
Ou de tes lacs d'azur l'immobile miroir;
Tes bosquets verdoyants d'herbe fraîche et de lierre,
Où le pin, le genêt, le chêne, le bouleau,
Se dressant vers le ciel ou s'inclinant sur l'eau,
Confondent à plaisir leur ombre hospitalière. (1)

Ici le rocher même a sa fécondité;
Et de ses flancs, percés de béantes crevasses,
Jaillissent des sarments ou des plantes vivaces.

(1) Umbram hospitalem consociare amant. (Horace.)

Sur ces monts, sous ces bois j'ai souvent médité,
Et je vous quitte, hélas! belle et vierge nature,
Que célébra Gesner, que Saussure admirait;
Et vous, riants côteaux, qu'une épaisse forêt
Enlace mollement d'une vaste ceinture!
Et vous, chemins couverts de vieux saules et d'ifs,
Où tranquille et rêveur j'errais à pas tardifs,
Les yeux mouillés des pleurs de la mélancolie,
Quand la fille des champs, si bonne et si jolie,
La jeune Helvétienne, aux regards ingénus,
En rapportant de la prairie
Ou son vase de lait ou sa gerbe fleurie,
Foulait un vert gazon sous ses pieds blancs et nus..

De la haute montagne à l'obscure vallée
Quand la nuit a jeté son voile transparent,
Je vois les astres d'or, en poussière étoilée,

Briller au fond du lac, du fleuve ou du torrent.
La lune pâle et solitaire
S'élève sur l'horizon bleu;
Elle embrase les monts, qui bornent cette terre;
Ils semblent des volcaans; elle, un globe de feu
Qu'ils vomissent de leur cratère.
Et moi, dans les transports d'un saint ravissement,
L'œil et les bras tendus vers le beau firmament,
Je chante : « C'est ici qu'étalant sa puissance
« Dieu se revêt de gloire et de magnificence;
« C'est ici, c'est ici que Dieu fait, aux humains,
« Admirer et bénir l'ouvrage de ses mains! » (1)

(1) Cœli enarrant gloriam Dei, et opera manuum ejus annuntiat firmamentum. (Psalmus XVIII.)

ADIEUX A LA SUISSE.

ADIEUX A LA SUISSE.

Suisse, 1845.

La France me rappelle ; adieu, riche Helvétie !
Dans les flots ondoyants de ta brume épaissie

J'ai vu tes monts plonger avec orgueil.
Majestueux tableaux ! illusion charmante !
Leur faîte semblait un écueil
Tout baigné des flocons d'une mer écumante.
J'ai vu tes saules verts pencher, comme un rideau,
Sur tes vallons remplis d'herbes, de fleurs et d'eau ;
Les contours sinueux de tes blanches collines
Courir à l'horizon, en vagues cristallines ;
Tes prismes de glaçons refléter des éclairs,
Alors que, saluant le jour qui recommence,
L'aigle, grand monarque des airs,
Dans les plaines du ciel poursuit son vol immense.

Villageois, montagnards, ô vous, que j'aimais tant,
Vous qui de l'amitié connaissez bien les charmes,
Ah ! mon cœur se déchire et saigne en vous quittant ;

Je mêle à ce discours un sourire.... et des larmes!
Loin de vous la discorde et le fracas des armes,
Et ces monstres si fiers du nom de conquérants!
L'air que vous respirez est mortel aux tyrans.
O Suisse! que jamais le sang ne contamine
La blanche pureté de ta robe d'hermine!

La France me rappelle; adieu donc! mais toujours
Je vous regretterai, montagnes solitaires,
Où de si belles nuits j'admirai les mystères,
Où j'admirai de si beaux jours!
Adieu, temples sacrés du bonheur véritable,
Chalets, où bien souvent je suis venu m'asseoir;
Où je voyais l'aurore; où j'entendais, au soir,
Les troupeaux mugissants regagner leur étable;
Adieu cent fois! — Ici devraient tous accourir

Ceux qu'assiégent l'ennui, les chagrins, la souffrance;
Ici j'aurais voulu naître, vivre et mourir,
Si mon pays n'était la FRANCE!!!

B.

LA NOCE.

LA NOCE.

1829.

(Couplets chantés par une petite fille.)

Jeunes époux, lorsque votre hyménée
Fait palpiter tous nos cœurs à la fois,

Pour célébrer cette heureuse journée,
Timide enfant j'ose élever la voix.
Lorsque l'autel se pare de guirlandes
Et resplendit des plus vives clartés,
A ce banquet j'apporte pour offrandes
De faibles chants que l'Amour a dictés.

Voguez en paix sur la mer de la vie,
Près du rivage et sous un ciel d'azur.
Que le zéphir, secondant votre envie,
Souffle et vous guide au port tranquille et sûr!
Soyez heureux! aux bons cœurs tout prospère;
C'est pour vos cœurs un présage certain.
Soyez heureux, pour rendre heureux un père
Dont votre sort va régler le destin!

J'en ai l'espoir, le ciel qui vous protége,
De son appui vous couvrira toujours ;
Et des plaisirs le fidèle cortége
Embellira même vos derniers jours.
Puisqu'à des vœux se borne ma puissance,
Avec respect je les offre au Seigneur ;
Car il sourit aux vœux de l'innocence,
Et tous les miens sont pour votre bonheur.

S.

LA LÉTHARGIE.

La Léthargie.

Qui pleure ainsi ? C'est une jeune mère,

Le front chargé des ombres du trépas.

Ah ! d'où lui vient cette douleur amère ?
Son fils est mort ! Ne la consolez pas.
Les yeux hagards, la figure livide,
Le sein gonflé d'un soupir étouffant,
Elle est assise auprès du berceau vide
Où nuit et jour reposait son enfant.

Il dort couché sous des voûtes funèbres ;
Un froid linceul est replié sur lui.
Quel faible cri perce dans les ténèbres ?
Comme un rayon, quel doux espoir a lui ?
Il n'est point mort ; il se réveille, il joue,
Ce cher enfant déjà si regretté.
Il tend les bras, il rit, et sur sa joue
Brillent encor les fleurs de la santé.

Pâles flambeaux dont l'éclat l'environne,
Éteignez-vous! tombez, voiles de deuil!
Que sur sa tête on pose la couronne
Dont la fraîcheur embaumait son cercueil.
Vous qui gardez cette noire demeure,
Vers une mère, allez! il faut courir!
Mais de plaisir craignez qu'elle ne meure,
Quand de regret elle n'a pu mourir.

Elle gémit, elle pleure en silence;
Puis tout-à-coup lève ses yeux mourants:
« Mon fils! ô ciel! mon fils! » Elle s'élance,
Couvre son fils de baisers dévorants.
« O doux transports! ô moments pleins de charmes!
» Est-ce bien toi? je te croyais perdu!

» J'en crois mes yeux, et mon cœur et mes larmes;
» C'est toi, mon fils, c'est toi qui m'es rendu!

» Reste avec moi, seul bonheur de ma vie!
» Je perdrais tout, mes chars et mes chevaux,
» Et mes trésors, qui font crier l'envie,
» Mon vieux manoir et mes jardins nouveaux,
» Et mes salons qu'un vain luxe décore,
» Je perdrais tout, eh bien! tu me suffis;
» En mendiant, je me dirais encore:
» Béni soit Dieu, qui m'a rendu mon fils! »

TABLE.

TABLE.

www.ingramcontent.com/pod-product-compliance
Ingram Content Group UK Ltd.
Pitfield, Milton Keynes, MK11 3LW, UK
UKHW022114190726
13855UKWH00002B/852

9 782013 249782